YR AWDUR

Mae Esyllt Ma⬚⬚⬚ ⬚⬚⬚⬚⬚⬚ ⬚⬚⬚⬚ fyn
ac yn gweithio ⬚⬚⬚⬚⬚ ⬚⬚⬚⬚⬚⬚⬚⬚ ⬚⬚⬚ wrth
ei bodd yng nghwmni pobl ifanc a'i phrif
ddiddordeb yw hybu plant a phobl ifanc i
sgwennu ac i siarad yn gyhoeddus.

I Rhys, gyda diolch am dy help

CLEC AMDANI

ESYLLT MAELOR

Argraffiad cyntaf: 2014

Cynllun y clawr: Rhys Aneurin

Rhif Llyfr Rhyngwladol: 978 1 84771 896 9

Comisiynwyd Cyfres Copa gyda chymorth ariannol
Adran AdAS Llywodraeth Cymru

Cyhoeddwyd ac argraffwyd yng Nghymru
ar bapur o goedwigoedd cynaladwy gan
Y Lolfa Cyf., Talybont, Ceredigion SY24 5HE
e-bost ylolfa@ylolfa.com
gwefan www.ylolfa.com
ffôn 01970 832 304
ffacs 01970 832 782

1

"Ac ar ôl i hyn ddigwydd... wel..."

Mae'r stafell yn gynnes ac wrth i chi agor y drws mae ogla melys, sicli yn cosi'ch dannedd. Ar y llawr mae hen nicyrs a sanau budur ac ar ben y rheiny mae jîns efo un goes tu chwith allan, un esgid a'i sawdl wedi torri, crys-T a chôt North Face ddu. Wrth droed y gwely mae carton polisteirin a'i geg ar agor. Mae tipyn go lew o'r chips a chyri sôs yn dal ynddo, yn lympiau melyn oer. Mi fyddai hon yn gallu bod yn stafell ddigon neis a smart, a dweud y gwir, ond mae golwg y diawl arni y bore yma gyda droriau'r cypyrddau fel hen wefusau moethus ar agor a dilladau yn dripian dros y gweflau pren. Ar ddolenni drysau'r wardrob mae hangyrs metel llwyd sydd wedi cael llond bol ar ddal dilladau'n flêr a cham. Mae'r ogla yn dal i hongian yn yr awyr ac rydach chi'n crychu'ch trwyn erbyn hyn. Ogla sur ydi o, yn codi o'r tywelion tamp sydd wedi'u gosod rywsut-rywsut ar y *radiator*. Mae'n siŵr eu bod nhw yno ers wythnosau.

Ydi mae hi; mae hi fel golygfa mewn ffilm. Felly, mi ydach chi, ar ôl y saethiad camera sydyn yna, yn disgwyl i rywbeth ddigwydd neu'n disgwyl i rywun ddweud rhywbeth. Ond does dim byd yn digwydd a does neb yn dweud dim. Erbyn hyn mae rhywun isio dipyn bach o *action*, yn does? Nac oes wir, does dim byd gwaeth na golygfeydd agoriadol hir fel hyn.

Arhoswch fymryn – peidiwch â chau'r llyfr. Tydi'r gwaith ditectif ddim drosodd eto. Megis dechrau rydach chi. Tu ôl i'r cloc ar y bwrdd wrth ochr y gwely mae caead potel. Un coch. Ac os ydach chi o gwmpas eich pethau mi welwch geg y botel o dan y cwrlid piws 'na sydd ar y gwely. Y gwely, ia dyna chi – sbïwch ar y gwely. Dyna un rheswm pam ein bod yn y llofft 'ma. I weld y gwely. Ac i weld pwy sydd yn y gwely. A dim ond un sydd yn y gwely y bore 'ma.

Rŵan, os wyt ti'n *film buff* rwyt ti'n gwbod fod yr olygfa gynta yma'n bwysig i'r ffilm, yn dwyt? (Sylwa mai fel 'ti' dwi'n dy gyfarch di rŵan. Mae hyn yn awgrymu fy mod i eisiau edrych ar dy ôl di neu dy baratoi di at... Ifanc wyt ti. Rhaid i minnau gofio hynny. Ydi wir, mae'r darn nesa fymryn bach yn... be ddweda i... annifyr. Ac efallai y byddet ti'n anghyffyrddus yn darllen hwn efo rhywun arall. Faint wyt ti – pedair ar ddeg? Blwyddyn 9? Blwyddyn 10? Ond mi wyt ti wedi gweld ffilmiau fel hyn mae'n siŵr, yn do? Ac mi wyt ti wedi dechrau darllen hwn. Clec amdani felly, yndê.)

Wyt ti wedi sylwi pwy sydd yn y gwely? Craffa. Hi sydd yna. Mae hi'n effro ac wedi cyrlio fel pelen fach ym mhen pella'r dwfe a'r clustogau. Mae hi'n crio ond chlywi di ddim sŵn. Dagrau tawel ydyn nhw. Dagrau poen ydyn nhw ac mae hithau'n dal i frifo...

Mae ganddi hi gof o'i lygaid, y llygaid tatws mawr a'i ddwylo rhawiau. Ac mae hi'n cofio cael ei gwthio. A bob tro roedd hi'n gweiddi roedd o'n gwenu ac yn gwthio'n waeth ac yn ei hitio a'i tharo a thynnu'i gwallt. Argol, roedd o'n frwnt ac yn mynnu cael ei ffordd ei hun. Bob tro yr un fath. A doedd ganddi hi ddim dewis. Ac wedyn, wedi iddo gael ei ffordd ei hun mi fyddai'n glanhau ei hun efo cornel y dwfe, codi'i drowsus a gadael...

Ond mae oriau ers hynny ac mae hithau'n dal yn effro. Mae'n teimlo'r gwaed yn llifo lawr ei choes. Mae'n clywed y tecell yn berwi yn y gegin lawr grisiau. Mae'n clywed drws y ffrij yn agor a rhywun yn rhegi wrth gau'r drws am nad oes llefrith ar ôl ac yn bangio caead y tun bara am ei fod yn wag.

Ydi, mae hi'n clywed yn iawn ond y broblem ydi tydi hi ddim yn gwrando. Tydi hi ddim yn gallu gwrando. Tydi hi ddim isio clywed chwaith. Mi fydd Josh yn taranu i fyny'r grisiau toc, yn agor drws y llofft ac yn agor y ffenest led y pen. Chlywith hi mo'r gwynt oer yn taflu cyllyll tuag ati oherwydd mi afaelith yn y dwfe a'i lapio amdani fel croen banana.

A wnaiff o ddim trafferthu gweiddi arni i godi a dweud wrthi am *get a grip* ddim mwy. Mae wedi stopio gofyn yn ffeind, wedi stopio swnian, wedi stopio gwylltio ac wedi stopio taflu pethau ati. Do, mi wnaeth hynny hefyd. Ia, y fo o bawb yn gwneud hynny. Dim ond unwaith. Cael llond bol wnaeth o. Cyrraedd pen ei dennyn. Y creadur. Fyddai o byth yn ei brifo hi. Mewn munud, bydd yn agor y ffenest a chamu dros y dillad. Neith o ddim hyd yn oed sbio'n pathetig ar y blerwch, na throi ei drwyn ar yr ogla, na sbio arni hi ond mi welith gip ar y caead plastig coch tu ôl i'r cloc. Mae ei lygaid yn tynnu llun o'r caead plastig ac yn ei yrru i gamera ei feddwl... Na, wneith o ddim byd i'w brifo hi ond agor y ffenest a cherdded allan. Mi glywith hithau sŵn ei draed ar y grisiau, sŵn troi goriad y drws cefn, sŵn clep y drws a sŵn ei dracd ar y tarmac yn mynd i fyny'r lôn ac yn distewi nes mynd yn ddim byd.

A dyna ni.

Mi ddigwyddodd hynny y diwrnod cynt. A'r diwrnod cyn hynny a'r diwrnod cyn hynny hefyd ac mi gafodd o lond bol. Roedd o wedi dal a dal… Creadur bach! Ac mae gen i biti calon drosto fo. Ond 'na fo, waeth i mi heb. Rhaid ei holi. Dyna fy job i. Dria i gael y stori i gyd.

2

"Ia, dwed be ddigwyddodd yn yr ysgol, Josh..."

Mae'n siŵr ei bod hi'n job meddwl am rywbeth gwahanol i bob gwers. Rhywbeth sy'n dal ein sylw ni... ein cadw ni ar y trac ac ar waith...

Ffilm ydi'r sbardun y tro 'ma. A dwi ddim isio gweld y ffilm hon. Dwi jesd ddim yn y mŵd.

"Rhaid i mi ddweud yn y dechrau bod yna ddarnau... be ddyweda i... anesmwyth ac annifyr, yn y ffilm yma," meddai Miss Griffith. "Ond mi wnewch chi ddysgu dipyn wrth edrych arni hi. Mae actio da a chwbwl realistig gan Dafydd Hywel a Bethan Jones yn ŵr a gwraig – gwych iawn. A sylwch ar fam Dafydd Hywel – scf Alun, y prif gymeriad. Tydi hi ddim yn dweud gair o'i phen ond mi welwch yma beth yw byw efo alcoholig. Mi gewch gadw'ch llyfrau, tydw i ddim am i chi gofnodi na gwneud nodiadau. Dim ond edrych. Reit, tydw i ddim am ddweud mwy – mi gawn drafod eto."

Diolch byth mai hen ffilm ydi hi. Fydd neb isio sbio ar ffilm sy'n cychwyn efo rhyw hen bobol yn canu mewn côr. Mae steil y gwalltiau'n hen ffasiwn a'r dillad yn ddillad y byddai Nain yn eu gwisgo. Mae'r gwaith camera yn blyri. Garantîd bod hon wedi bod yn y cwpwrdd ers oes. Felly, gobeithio wnaiff pawb roi *switch off* reit ar y cychwyn a dechrau chwarae'n wirion. Mae angen i Miss gael ei gorfodi i newid y wers yma a hynny'n reit sydyn… felly bydd angen iddi gael seic a myllio go iawn fel ei bod yn diffodd y fideo ac yn ein gorfodi ni i orffen gwaith ddoe. Byddai prawf ar y cerddi TGAU yn well na hyn…

Nac ydw, wir. Tydw i ddim isio sbio ar *Yr Alcholig Llon* heddiw 'ma, diolch yn fawr iawn. Wnaiff Adam sbio ar hon? Dwi'm yn meddwl, ac yntau'n lecio stwff Tarantino. Bydd hon yn rhy ddiniwed iddo fo, dim gwaed, dim *aggro*, dim pennau'n fflio, dim pobol yn dod yn fyw ar ôl bod mewn coma a phob math o lol felly. Fedr o ddim sbio ar hon, siawns, os ydi o wedi gweld *Kill Bill*. A *Pulp Fiction*. Felly os na wnaiff Adam, wnaiff Morgan ddim chwaith, na Tom o ran hynny. Felly, mae'r bwrdd yna'n *sorted*... ond mi wnaiff criw bwrdd Wil. Maen nhw wedi dechrau setlo'n barod... fel defaid mewn cae. Wnân nhw ddim cwyno na mynd yn groes, dim ond sbio a'u cegau'n agored. Ac mae'r rheina wrth y ffenest yn fan'na'n rhy ddiog a *laid-back* i frefu... Mi wnaiff y genod setlo a sbio hefyd, damia nhw! Maen nhw'n fodlon diodda'r darn diflas ar y dechrau a byw mewn gobaith y gwnaiff pethau wella. *Typical* genod... rêl merched.

Tydw i ddim isio dweud 'mod i'n sâl neu mi ga i fy hel i'r Swyddfa ac unwaith y bydda i'n fan'no ga i 'nal yn syth am wisgo'r treinyrs gwyn 'ma ac mae arna i bres i'r ysgrifenyddes am ginio ysgol ers pythefnos. Felly aros fan hyn ydi'r boi a thrio heipio a weindio Ben i fyny. Fydda i ddim yn eistedd yn y dosbarth yma heddiw, dwi'n dweud rŵan.

"Mae tri dewis i ti: Ysbyty, carchar neu'r bedd."

Llais o'r ffilm. O, be 'di hyn? Rhaid i mi fynd o fama - mae hynny'n *cert*.

3

"Be ddigwyddodd ar ôl i ti gicio'r gadair?"

"Joshua, ddei di allan am funud bach, plis? Dwi isio gair."

Mae Miss yn edrych arna i a dwi'n dweud dim byd. Dwi'n codi, gafael yn fy mag ac yn cerdded allan o'r stafell.

"Gad dy fag lle mae o – fyddi di ddim yn hir," meddai yn ei llais tawel-penderfynol-*in control*-peidio-mynd-i-ben-caets. Llais sydd wedi cael hyfforddiant i ddelio â sefyllfaoedd fel hyn. Llais sy'n fy ngwneud i'n flin ac yn berwi y tu mewn.

R'yn ni'n sefyll yn y coridor bach y tu allan i'r stafell ddosbarth. Dwi'n osgoi edrych arni hi a dwi'n syllu'n hir ar yr hysbysfwrdd a chogio bod gen i ddiddordeb yn y poster ar y wal sy'n rhoi sylw i ryw raglen newydd ar S4C. Tydi hyn ddim yn gweithio chwaith.

"Joshua, pam dwi 'di gofyn i ti adael y dosbarth?"

O, 'ma ni. Y cwestiynu tawel yn dechrau. Mor rhesymol. Mor gall. A dwi ddim isio hyn, felly dwi'n dal i sbio'n fwy manwl ar y poster fel taswn i wedi cael fy newis i actio'r brif ran ar y rhaglen.

"Sbia arna i pan dwi'n siarad, Joshua."

Dwi'm isio gwneud ond rhaid i mi. Dwi fel cwningen wedi 'nal yng ngolau car. Mae hi'n dal fy llygaid a dwi'n sylwi bod cannwyll ei llygaid yn fflamio'n fawr ac yn ddu.

"Reit, be sy'n bod heddiw, Joshua? Be sy'n dy fygio di heddiw 'ma? Joshua, ti'm yn chdi dy hun o gwbwl."

Tydw i ddim yn lecio'r ffordd mae hi'n ailadrodd fy enw o hyd. Tacteg arall ydi hyn – ia, tacteg arall i gael trefn arna i. Dwi'm yn thic yn y busnes holi pobol 'ma a thrio mynd at wraidd problem. Sori, ond tydi o ddim yn gweithio efo fi, ddynes.

"Ond dwyt ti ddim wedi bod fel hyn o'r blaen, yn naddo?"

Mae ei llais mor dawel a tydi hi ddim yn

tynnu ei llygaid oddi arna i wrth ddweu.
"Gwranda, pam bod fel hyn heddiw 'ma?
Roeddat ti'n wych pan oeddan ni'n gwneud
gwaith ar gosbi wythnos diwetha – ti'n
gwbod – trafod cosb y ddau lofrudd, Robert
Thompson a Jon Venables. Roedd gen ti
gymaint i'w ddweud. Pam wyt ti wedi cymryd
yn erbyn yr uned alcohol 'ma?"

Dwi'n gorfod edrych draw. Mae'r un
gair yna – alcohol – wedi fy nhaflu. Ac yn y
munudau nesa dwi'n dechrau meddwl ffwl
sbid. Dwi'n sefyll yn y fan hyn mewn rhyw
goridor rhwng dwy stafell ddosbarth yn yr
ysgol, yn union fel taswn i mewn tardis ac yn
methu stopio fy hun rhag cofio 'nôl a theithio
'nôl. Mae rhywun neu rywbeth wedi pwyso'r
botwm *rewind* yn fy meddwl a dwi'n mynd
yn ôl ffwl pelt a dwi'n methu'n glir â rheoli
fy hun a stopio'r mynd yn ôl yma. Afiach o
beth!

Dwy flynedd yn ôl byddai fy llun ar y wal
efo'r criw aeth ar y trip Alton Towers yn rêl
boi, fy mreichiau i fyny yn yr awyr, gwên lydan
ar fy wyneb yn cogio fod gen i ddim poen yn

oyd. Dyna'r unig beth ro'n i isio'i wneud –
mwynhau ac anghofio. Anghofio am bob dim;
am adra, am Dad yn… chwarae o gwmpas, ac
am Mam mor pathetig yn gwneud dim am y
peth ac yn dal i hanner addoli Dad ac yn…
oes raid i mi fanylu a dweud bob dim? O'n
i isio byw, isio bod fel pawb arall, o'n i isio
dal i fynd ar reids fel Nemesis ac Oblivion a
chael rhoi pethau mewn bocsys ac anghofio
amdanyn nhw a'u lluchio i atig fy meddwl.
Tydi hi ddim yn hawdd bocseidio bob dim
am fod rhai pethau jesd yn mynnu neidio i
dy wyneb di fel blincin jac yn y bocs ac yn
rhoi swadan ar ôl swadan ar ôl swadan i chdi.
Dallt? Ond mi fedris i roi Mam mewn bocs a
be dwi 'di wneud ydi ei rhoi mewn bocs arall
– yn ei llofft.

"Josh?"

Yn sydyn mae'r *rewind* yn stopio. Fel'na.

Josh, nid Joshua, ddwedodd hi.

Ac mae hi wedi ffeindio. Wedi deall… Ac
ma hi'n gwbod rhywbeth. A dwi'n gwbod yn
iawn ei bod hi'n gwbod, am fy mod i rywsut
neu'i gilydd wedi dweud wrthi hi rŵan a hynny

heb i mi ddweud yr un gair o 'mhen. Dwi fel y ddynes yn y ffilm gynnau, y ddynes oedd yn gweithio yn yr ysbyty, y ddynes wnaeth ddeall fod gan Alun, y prif gymeriad, broblemau. Ac mae Miss Griffith yn ddigon tebyg i'r ddynes honno. Mae hi wedi fy narllen i fel llyfr.

"Tisio dŵad yn ôl i'r dosbarth? Does dim raid i ti, sdi."

Mae ei llais yn wahanol ond mynd ddaru mi, am fy mod yn gwbod fy mod i angen mynd yn ôl yno. Dwi'm isio bod yn y coridor yma. Ac wrth gerdded i mewn i'r dosbarth mae fy mhen yn wahanol a fy nhu mewn i'n hollol wahanol.

4

"Be ti'n feddwl 'gwahanol'?"

Roedd hitha'n wahanol hefyd. Mi newidiodd y wers a dweud yn reit ffwrdd bwt,

"Dyna chi wedi cael tamaid i aros pryd o'r ffilm *Yr Alcoholig Llon*. Dyma eich 'Her Mewn Munud' – ewch ati yn eich grwpiau i sbydu syniadau am beth sy'n dod i'r meddwl pan glywch chi'r gair 'alcoholig'. Mae eich amser yn cychwyn RŴAN."

Roedd y cloc ar y bwrdd gwyn yn tician yr eiliadau a phawb wrthi efo'u *post-its* bach melyn yn taro geiriau fel brics ar y wal syniadau. Ia, pawb ond fi. Pawb wrthi fel dwn i'm be ac yn cael hwyl wrth wneud, ac roedd y geiriau'n llifo a'r syniadau'n bownsio. Roedd Adam, Morgan a Tom yn meddwl eu bod nhw'n gwbod be oedd be, yn rêl bois, yn ddynion mewn gwisg ysgol ac yn holl-blwming-gwybodus. Roedden nhw wedi ymgolli cymaint sylwon nhw ddim 'mod i'n dweud dim na gwneud dim.

Roedd Miss yn sbio arna i, dwi'n gwbod hynny, ac yn synhwyro bod rhywbeth yn mynd i ddigwydd ond wnaeth hi rioed feddwl be fyddai'n digwydd chwaith… am wn i.

Bîpiodd y cloc. Deg eiliad ar ôl. *Countdown*. Canodd y larwm. Amser ar ben. Ac aeth y *post-it* ola ar y wal.

Roedd hi'n sesiwn adrodd yn ôl.

Mae hi'n reit glyfar efo'r bwrdd gwyn rhyngweithiol. Diflannodd y cloc ac ymddangosodd y wal frics electronig.

A dechreuodd y sesiwn rannu.

"Alci."

"*Waster*."

"Diddorol. Pam *waster*?"

"Am bod alcis yn *wasters*, yndê. Tydyn nhw'n gneud dim ond yfad."

"Iawn – dyna'ch barn chi. Ar y wal â fo 'ta."

"*Wino*."

"Oes gan rywun enwa Cymraeg?"

"Baw isa'r doman."

"Da rŵan. Oes mwy?"

"Pwdryn."

"*Dregs* cymdeithas."

"*Dregs* – gwaddod. Gair newydd i chi – gwaddod. Oes gennych chi fwy o gynigion?"

"Slagan, Miss" – yn cael ei ddilyn gan sŵn chwerthin y genod.

"Digon teg, dyna'ch cynnig chi. Pam?"

"Am fod merched sy'n alcoholics yn slags 'de."

Mwy o sŵn chwerthin. Ond wnaeth hi ddim cynhyrfu dim ond dweud, "Diddorol."

Cofnododd yn dawel. Gwelais y geiriau a'r enwau yn gwbwl glir o flaen fy llygaid. Dwi hyd yn oed yn cofio'r print – Comic Sans.

"Slwt."

"Ac os ydi hi'n slwt mae hi'n *nympho*."

"Hen slebog."

"*Lost cases*."

Ac yna daeth 'Her Mewn Munud' arall. Her ansoddeiriau y tro hwn.

Roedd yna fwy o bledu brics *post-its*. Wyddwn i ddim fod fy nosbarth yn gwbod cymaint o ansoddeiriau.

"Esgeulus."

"Diog."

"Creulon."

"Trist."

"Hunandosturiol."

"Budur."

"Pathetig."

"Hunanol."

"Mewnblyg."

"Llawn o'i boenau'i hun."

"Fi fi fi."

"Fel tasa fo'n byw ar set y Queen Vic neu'r Rovers Return drwy'r adag."

"Deri Arms."

"A hwnnw 'fyd."

Ar ôl y sesiwn honno roedd yn rhaid iddi gael godro mwy.

"Dach chi wedi clywed y dywediad Saenseg 'Face the music and dance' yn do, ac o gofio'r hyn dach chi wedi'i ddweud bora 'ma, ydw i'n iawn yn crynhoi eich sylwadau drwy ddweud mai methu wynebu pethau mae'r alcoholig?"

"Tydi alcoholig ddim yn gallu clywed y gerddoriaeth..."

"... a tydi o ddim yn gallu symud, heb sôn am ddawnsio."

"Da rŵan. Sylwadau ag ôl meddwl arnyn nhw, Blwyddyn 11. Clyfar, a dweud y gwir."

"Felly, mae'r alcoholig yn gwbl analluog i wneud dim... ac mae o mewn pwll diwaelod. Ystyriwch y gosodiad nesa 'ma felly. Dwi am ei roi ar y bwrdd gwyn. Darllenwch yn ofalus."

> Mae'r alcoholig yn meddwl mai
> fo sydd â'r hawlfraint ar bob dim.
>
> Mae gan yr alcoholig
> hawlfraint ar bob un 'D'.

Yna, dechreuodd restru geiriau yn dechrau gyda 'd.'

"Diobaith. Diwerth. Fedrwch chi feddwl am fwy o enghreifftiau?"

A dechreuodd y 'd's fflio fel hyn:

"Diymgeledd."

"Diddiolch."

"Di-ddim."

"Diflas."

"Diasgwrn-cefn."

"Diymadferth."

"Pob poen diddiwedd a grewyd."

Aeth yn ei blaen.

"Dewch ag un gair i ddisgrifio Alun y prif gymeriad yn y ffilm."

'Hunanol' aeth â fôt y dosbarth.

"Rhowch un gair i ddisgrifio dyn sy'n alcoholig."

"*Waster*."

"Beth am un gair i ddisgrifio dynas sy'n alcoholig?"

"Mam."

A fi atebodd y cwestiwn hwnnw.

5

"Reit. Pam wnest ti...?"

Peidiwch â gofyn mwy o gwestiynau. Plis. Mae 'mhen i'n troi. Gofyn gormod o gwestiynau i mi fy hun dwi wedi'i wneud. Dyna sy'n beryg efo cwestiynau – rhaid cael atebion iddyn nhw neu mi fyddan nhw'n troi rownd a rownd yn eich meddwl nes eich gyrru rownd y bend.

Pam Mam? Pam fi? Pam ni?

Pam wnes i enwi Mam o flaen pawb yn y dosbarth? Dwn i'm.

Dach chi'n meddwl fod neb yn gwbod. A dweud y gwir doedd neb yn gwbod am sbel – dim hyd yn oed y fi. Sylweddoli'n ara bach wnes i... Ac ar ôl i mi sylweddoli, mi wnes innau drio chwarae'r un gêm â hi a dechrau cuddio pethau efo hi – stopio gofyn i ffrindiau alw acw ar ôl ysgol; peidio mynd i *training* rygbi i'r dre am fy mod i ddim isio i Mam fod ar y rota liffts efo mamau eraill – mi fasa hi wedi'n lladd ni i gyd. Wir yr, ar fy marw rŵan. Dwi'm yn rhoi lastig yn y stori. Mae hi'n ddreifar eratig *heb* y fodca. Mi oedd hi'n cael bod yn alci, 'de, ond nid yn llofrudd.

Be arall oedd yn digwydd yn ein gêm fach ni? Dyna dach chi isio wbod? Cogio 'mod i wedi cael swper yn lle ei bod hi'n gwneud smonach llwyr o'n swper ni. Roedd hi'n llosgi bob dim, yn cael trafferth i ferwi sŵp tomato o dun hyd yn oed ac roedd berwi wy'n ormod o gontract, heb sôn am gadw llygad ar y tost. Ro'n i'n casáu ei gweld hi'n gwenu arna i ar fore Sadwrn achos hen wên wirion oedd hi, gwên gwneud, gwên jolpan wirion oedd angen tyfu i fyny a challio, gwên codi cywilydd arna i a gwên oedd yn troi arna i ac yn gwneud i mi deimlo fel taflu i fyny.

Be? O leia doedd hi ddim yn crio, dyna dach chi'n ddweud? Mae chwerthin a chrio mor agos at ei gilydd. Ac mi oedd 'na grio yn ei llygaid hi hyd yn oed pan oedd hi'n gwenu. Dach chi'n dallt be dwi'n drio'i ddweud, dwch? Fel 'na oedd pethau i ddechrau ac wedyn ar ôl tipyn... dwn i'm faint... blynyddoedd ella... wnes i jesd peidio â bod.

Papur wal o'n i, do'n i ddim yna. Llun ar wal. Cytlyri mewn drôr. Rolyn dal papur toilet yn dal pethau yn eu lle iddi am dipyn. Ond mi ddechreuais i fod dan draed, o'r ffordd... yn niwsans. Felly, nath hi jesd dechrau anghofio amdana i a dechrau diflannu gyda'r nosau...

"Oedd hi'n dal i yfed?"
Siŵr Dduw ei bod hi'n dal i yfed. Drwy'r adeg. Drwy'r adeg. DRWY'R ADEG.
    Dwi ddim yn CODI LLAIS.
    DWI DDIM YN GWYLLTIO.
    JESD DWEUD YDW I.
    OS NA CHA I DDWEUD, PWY GEITH?

6

"Oeddet ti'n gwbod bod ganddi broblem?"

Cwestiwn 'ta gosodiad? Gofyn 'ta deud ydach chi?…

"Sut oeddet ti'n gwbod bod ganddi broblem?"
Reit. Cwestiwn ydi o.
Jesd gwbod 'de. Gwbod.
Isio atebion dach chi? Dyma nhw 'ta. Chi ofynnodd. Dach chi'n barod am y darts?

Dart 1: *Receipt* Tesco.
- Ti 'di prynu Smirnoff heddiw, Mam?
- Naddo, medda hi.
- Ti'n siŵr, Mam? medda fi
- Ydw dwi'n siŵr, medda hi.
- Ti'n deud y gwir, Mam? medda fi.
- Dwi'n deud y gwir Josh, medda hi.
- Ar dy farw, Mam? medda fi.
- Ar fy marw, Josh, medda hi.

- Ti'n berffaith siŵr bo chdi ddim 'di prynu diod heddiw, Mam? medda fi gan gnoi pob gair yn ara bach.

- Naddo sdi, Josh, medda hi'n cŵl braf gan ddal i blicio'r tatws wrth y sinc.

- Be 'di'r rhain ta? medda fi.

- Be, felly? medda hi.

- *Receipts* Tesco, medda fi.

- O, ia 'fyd, medda hi.

- Cadw'r tatws 'na a sbia'n iawn, Mam, medda fi. Sbia ar y *receipt* 'ma. Yli'r dyddiad. Dyddiad heddiw.

Dyma be wnest ti brynu, Mam.

Dyma be wnest ti brynu, Mam.

Dyma be wnest ti brynu, Mam.

Roedd hi wedi prynu fodca. Mi wadodd du yn wyn, ond mi oedd hi wedi bod yn prynu fodca. Welis i'r un *receipt* wedyn. Mae'n dcbyg ei bod hi wedi'u lluchio nhw i gyd. Neu eu cuddio nhw. Cuddio mwy na thebyg.

Dart 2: Gwisgo hwdi.

- Hei mae dy fam di'n rêl un, Josh!

- Rêl un – be ti'n feddwl, rêl un?

- Fel un ohonan ni.

- Un ohonan ni? Deud yn iawn.

- 'Di cael treining da, ma raid.

- Paid â malu cachu. Jesd deud 'nei di.

- 'Di dallt hi 'de – gweld hi yn Freshers bora 'ma wnes i efo hwdi dros ei phen. Prynu llwyth o lysh. Ddim isio i neb ei nabod hi, ia? Sleifar o ddynas. Oedd 'na barti yn tŷ chdi neithiwr?

Oedd, roedd o'n goblyn o barti.

Dart 3: Neges gan y postman.
Chwarae teg iddo fo, 'de?

DWI WEDI GADAEL EICH PARSAL YN Y GAREJ Y TRO YMA,
YN LLE'R PORTSH, AM FOD FFENESTR Y LANTERN
O FLAEN DRWS FFRYNT A'R BOTAL FODCA TU MEWN IDDI
WEDI MALU. DWI WEDI RHOI'R GWYDR YN EICH BIN
AILGYLCHU YN Y CEFN... ROEDD O'N BERYG BRAIDD.
TYDW I DDIM ISIO GWELD NEB YN BRIFO.

Dart 4: Welingtons.

- Pam dach chi'n cadw poteli pop mewn welingtons yn y garej, Josh?

Syniad da, 'de.

- Ydi hynny'n well na'u rhoi nhw yn y ffrij, yndi?

- Ydi, sdi.

Be arall fedrwn i ddweud wrth hogyn bach drws nesa?

Dart 5: Chwarae cuddio.

Felly, os nad oeddan nhw yn y welingtons mi oeddan nhw yn ei bŵts hi yn y twll dan grisiau, dan y soffa, yn nroriau'r llofft, yn y bocs tŵls yn y garej, hyd yn oed mewn poteli sôs wedi'u hailgylchu, mewn fflasgiau, mewn cwpwrdd yn y stafell molchi, bŵt y car, o dan sêt *passenger* y car, *cubby hole* y car...

Na, dwi ddim wedi gorffen eto. Mi oeddan nhw'n cael eu cuddio ym mhob man... hyd yn oed yn... sistyrn y toilet.

7

"A rŵan...?"

Maen nhw ar lawr y llofft.

Ar ben cwpwrdd gegin.

Ar ben y dillad yn y fasged smwddio, ar sêt gefn y car.

Na, mae'r gêm cuddio drosodd ers stalwm. Mae'r poteli ym mhob man. Bob man.

Dach chi'n dallt rŵan sut dwi'n gwbod ei bod hi'n yfed... ond wnaeth pethau ddechrau newid.

"Be ti'n feddwl, 'wnaeth pethau ddechrau newid'?"

Wnaeth hi ddechrau mynd allan. Mynd allan yn hwyr. Fedrwn i ddim mynd i gysgu nes oedd hi wedi dŵad adra. Felly, unwaith ro'n i'n clywed sŵn ei thraed hi mi fyddwn yn troi fy iPod ffwl blast yn fy nghlustiau. Ond neith hwnnw hyd yn oed ddim blancio a chael gwared o bob dim. A dim ond hyn a hyn fedra

34

i ddal hefyd a dim ond hyn a hyn fedra i'i helpu hi a helpu fy hun a dwi wedi cyrraedd y stêj tydw i ddim isio chwarae cuddio ddim mwy, felly wnes i...

Na, dwi isio dweud. Dwi'n barod i ddweud...

Fues i yn geg fawr yn dweud fel wnes i yn y dosbarth o flaen Miss Griffith a phawb arall? Mae chwe mis a mwy wedi mynd ers hynny ac mi wnaeth pobol... wel... dechrau arfer efo'r peth... fel'na mae pobol yndê... isio clywed y sgandal ddiweddara, yna ar ôl i honno setlo maen nhw'n dechrau chwilio am un arall.

Mae 'na rai, cofiwch, sydd yn poeni amdana i ac yn fy nhrin fel rhyw ornament neis ar silff ac yn fy nystio'n ofalus ac yn poeni 'mod i am gracio. Pobol eraill wedyn yn meddwl mai chwilio am sylw ydw i a 'mod i'n trio chwarae'r cerdyn 'biti drosta i fy hun' er mwyn cael mwy o help efo gwaith cwrs yn yr ysgol a ballu. Fel tasa hynny'n fy mhoeni. Gwaith blincin cwrs a gwaith ysgol. A dweud y gwir, roedd mynd i'r ysgol i mi, fel Smirnoff i Mam, yn gwneud i mi anghofio sut oedd pethau ac roedd y *banter* a'r malu cachu efo fy ffrindiau yn help ond wedyn, fel roedd hi'n ddiwedd dydd a finna'n cerdded adra ar y tarmac o flaen y tŷ, roedd yr hen gnoi yn fy stumog yn dŵad yn ôl. Jesd fel'na. Coblyn o beth ydi o. Fedrwn i ddim stopio'r peth. Fedrwch chi ddim. Ac wrth i mi roi cam dros riniog y drws a thaflu un golwg sydyn ar y gegin, ro'n i'n gwbod yn syth bìn beth oedd o 'mlaen i. Roedd y sosban bîns yn y sinc o hyd; y bwrdd smwddio yn yr un lle fel rhyw hen gyllell fôr flêr; y fasged dillad budur ar y landing yn orlawn a'r bin gegin dal yng nghanol y llawr isio'i wagio. Roedd y post heb ei godi o flaen drws ffrynt, stremps past dannedd a chŵd ar sinc y stafell molchi; dim papur tŷ bach ar gyfyl y lle ac mi oedd drws y llofft wedi'i gau a thu draw i'r drws, yn ddistaw, roedd…

Argol, braf ar Dad.

8

"Ti'n agos at dy dad?"

Dad a fi'n agos? Dwn i'm. Roedd o i ffwrdd dipyn go lew efo'i waith. Yn gweithio'n galed. Dod â phres i'r tŷ; roedd o'n prynu bob dim i ni – bob *gadget* i'r gegin ac mi oedd Mam yn cael bob dim oedd hi isio. Pethau i'r tŷ a dillad iddi hi ei hun. Ac mi gafodd gar. Ond Mam oedd adra. Hi oedd yn cadw'r lle i fynd. Gwneud yn siŵr bod yna ddillad glân i bawb; bod ei ddillad o wedi'u smwddio ac wedi'u êrio a bod tei i fynd efo bob un crys a bod y rheiny wedyn wedi'u pacio'n drefnus yn y cês pan oedd o'n mynd i ffwrdd.

Mi fydda Mam yn mynd efo fo i Lerpwl neu i Fanceinion i brynu jaced ledr newydd i fynd ar ei drip rygbi neu siwt os oedd 'na gêm ym Mharis. Meddwl ei bod hi'n gwneud ffafr fawr ag o yn ei helpu i edrych yn dda. Roedd cwmni 'nhad yn talu iddo fo gael bwyd yn y llefydd bwyta crand 'ma, felly roedd o angen edrych yn iawn, yn doedd? Ac mi fydda yntau'n prynu rhyw sent neis iddi hi neu ddilledyn bach neisiach byth am ei bod hi wedi bod "yn gymaint o help". Presant i'w chadw hi'n *sweet* ac yn hapus.

Ac wedyn i ffwrdd â fo. Awê. Joio mas draw. Cael amser grêt. "Efo'r 'ogia." Da 'di'r hogia. Ac mi fydda Mam adra yn ei chrys rygbi coch yn sbio ar y gêm, yn meddwl y basa'n well iddi sbio rhag ofn y basa hi'n sbotio neu jesd yn cael cip ar Dad yn y dorf yn rhywle. Roedd rhaid *drop tools* i bob dim rhag ofn y bydda hi'n ei weld o. Trist yndê? Ac yna ar ddiwedd y gêm mi fasa 'na neges ffôn bach yn cyrraedd yn cofio ati ac yn dweud ei fod wedi cael coblyn o bryd da y noson cynt yn y bwyty crand, drud yma ac y bydda fo'n mynd â hi yno'r tro nesa, a bod yna bobol yno'n cael bwyd yr un pryd, goelia hi fyth, oedd yn ei nabod hi! Anhygoel, wir. Doedd o ddim yn cofio'n iawn pwy yn union oeddan nhw. Yn yr ysgol efo hi ella? Ac ar ôl holi a o'n i'n iawn, fyddai hi na finna'n clywed dim byd wedyn nes i'w hen gar o gripian adra fel hen gath ddiwedd pnawn Sul i ganu grwndi. Mi fydda fo'n parcio'n ddel ar y dreif a cherdded am y tŷ fel tasa dim byd wedi digwydd. A chyn iddo fynd drwy'r drws yn iawn mi fyddai wedi gweiddi,

"Ti'n iawn, cariad?"

Wedyn mynd am y gawod, cael bwyd poeth yn ei fol a mynd allan eto i'r *gym* yn dre.

Sbio 'nôl, mae'n siŵr fod pawb yn gwbod; pawb ond y ni.

Deg oed o'n i ar y pryd.

9

"Oedd dy fam yn gwbod?"

"Mam, roedd Dad yn dre amser cinio heddiw."

"Callia! Ti'n gwbod yn iawn fod o yn Abertawe tan fory."

"Oedd o'n dre, Mam. Yn PC World."

"Paid â rwdlan."

"Roedd o'n PC World efo Ceri."

"Ceri?"

"Ia, Ceri – honna sy'n gweithio efo fo. Dach chi'n gwbod yn iawn."

Saib.

"Hogan iawn ydi Ceri. Ffrindia efo dy dad."

"Welis i nhw'n plygu dros y cowntar iPads, Mam. Roedd eu penna nhw'n agos ac mi oedd o'n gafael amdani, Mam."

"Callia. Meddwl wyt ti. Mae dy dad newydd anfon neges ffôn i mi. O Abertawe… Mi fydd adra heno. Gei di bresant."

"iPad newydd ella, ia Mam?"

"Ti'n rêl dy dad – cês wyt ti. Yn union fel fo."

"Mam – dwi'n deud y gwir. Mi fues i'n siarad efo fo."

"Be wna i efo chdi, d'wad? Tynnu 'nghoes i fel hyn. Ti'n sbio ar ormod o ffilmiau. Picia i'r siop i nôl papur newydd i mi, wnei di? Dos i nôl pres o 'mhwrs i a pryna rwbath i chdi dy hun tra wyt ti wrthi."

Faint o'n i? Dwi'm yn siŵr… Blwyddyn 5 neu 6… tua deg oed? Am ryw reswm, pan o'n i yn PC World y diwrnod hwnnw, mi wnaeth Dad droi a 'nal i'n sbio arnyn nhw. Cododd ei law yn sydyn, rhoi ras amdana i a chwerthin dros y lle fel tasa hi'n ddiwrnod Dolig. Dwi'n cofio iddo ddweud mewn llais anarferol o uchel 'mod i wedi rhoi syrpréis iddo fo a'i fod yn prynu presant i mi. O ia, roedd Ceri wedi digwydd landio yno ac wedi cynnig ei helpu i ddewis un.

Clyfar 'de.

10

"Ti ddim yn lecio dy dad felly?"

Doedd hi ddim yn fy nghredu i. Doedd hi ddim jesd ddim yn fy nghoelio i. Roedd yn well ganddi goelio fo.

"Be haru ti! Ei ysgrifenyddes o ydi hi, Josh."

"Yn hollol. Ei ysgrifenyddes o, Mam. Dach chi ddim yn gweld?"

Doedd hi ddim isio gweld. Ac roedd hi'n dewis peidio â gweld. Roedd yn well ganddi hi ei weld o'n dŵad adra ar nos Wener ar ôl bod i ffwrdd efo'i ysgrifenyddes am wythnos gyfan ar drip busnes na fy ngweld i'n dŵad o'r ysgol. Roedd yn well ganddi hi goginio stecan fach flasus iddo fo ar nos Sadwrn er mwyn leinio'i stumog o cyn iddo fynd allan "am brêc efo'r 'ogia" na gweud bîns ar dost i mi ganol wythnos. Roedd yn well ganddi hi smwddio ei hen grysau fo bob nos Sul na morol fod gen i ddillad glân i fynd i'r ysgol.

Argol, roedd ganddi hi sbectol haul am ei thrwyn a hitha'n ganol nos.

"Be wyt ti'n feddwl 'gwisgo sbectol haul a hitha'n ganol nos'?"
Ffordd o ddweud. Dyna i gyd.

"Roedd hi'n hapus, yn doedd?"
Hapus? Y fi oedd yn gorfod byw efo hi, nid y fo. Y fi oedd yn ei gweld hi bob dydd a welodd o mohoni fel o'n i'n ei gweld hi... a'r adeg honno roedd hi yn dewis rhywbeth ond fi i beidio gweld pethau. Dewis...

Dewis beth, felly?

Diod. *Spirits*. Fodca. Rhywbeth oedd yn wlyb ac yn gwneud iddi anghofio am Dad ac amdana i.

Dewis potel wydr efo label coch yn lle ei mab ei hun.

Dewis siarad efo gwydr gwag yn lle ei mab ei hun.

Dewis gwylltio efo gwydr gwag a'i luchio fo ar draws y stafell nes ei fod yn torri'n deilchion ac yn ddarnau bach, yn lle ei mab ei hun.

Tasa hi ond wedi gwylltio efo fi – ond nath hi ddim.

Tasa hi ond wedi bod yn flin efo fi – ond nath hi ddim.

Tasa hi ond wedi rhoi peltan i mi – ond nath hi ddim.

Nath hi jesd anghofio amdana i. Do'n i ddim yn bod. Ddim yna o gwbwl. Roedd hi wedi mynd a 'ngadael i, wedi mynd am dro hebdda i i'w byd bach ei hun. A dyna lle ro'n i, yn sbio arni hi'n mynd bob dydd ymhell bell oddi wrtha i a fedrwn i wneud un dim am y peth. Trïwch chi fyw efo hynny. Mi fasa'n well gen i tasa hi'n diodda o gansar na hynny. O leia cansar sy'n eich dewis chi nid chi sy'n dewis cansar. Dewis y botel nath Mam.

"Felly, ti'n casáu dy dad?"
Casáu Dad? Nac ydw.
Casáu Mam ydw i.

"Casáu dy fam?"
Ia, am 'mod i'n neb iddi hi.
NEB.

11

"Ti isio brêc rŵan? Wnawn ni gario mlaen mewn munud."

Na, dwi'n ocê. 'Na i gario mlaen. Roedd hi jesd yn cario mlaen hefyd. I yfed. O ben bore tan hwyr y nos. Bob dydd. Ac wedyn dyma pobol yn dechrau stopio siarad amdani. Dwi'm yn thic... ro'n i'n gwbod yn iawn bod pobol yn siarad... dach chi'n gallu dweud yn ôl y ffordd maen nhw'n newid sgwrs yn sydyn pan dach chi'n landio a ballu. Ond pan mae pobol yn dechrau *peidio* siarad amdanoch chi ac yn derbyn mai fel'na mae pethau i fod, mae hynny'n waeth. Mae hynny cystal â dweud bod pethau ddim am newid. Do'n i ddim isio gweld pobol yn dechrau derbyn y peth ac yn dysgu byw efo'r peth, ac yn arfer ei gweld hi'n cerdded am y siop tua deg yn y bore efo'i bag plastig ym mhoced ei chôt, yn mynd yn syth at y 'Wines and Spirits', nôl y poteli o'r silff ac yn mynd at y til. Roedd o wedi mynd yn beth normal i weld pobol yn ei helpu hi, yn rhoi'i photeli yn y bag ac yna'n sbio arni hi'n mynd drwy'r drws a chlywed y gwydr yn clinician-clancian yn y bag wrth iddi fynd am adra. Y poteli oedd yn cael hwyl yn hel straeon, nid y nhw. Dwi'n dweud y gwir wrthach chi. Mi fyddwn i'n sbio ar bobol yn sbio arni hi yn cerdded lawr y ffordd yn igam ogam. Mi fyddan nhw'n syllu arni am dipyn bach, yn hel meddyliau am ychydig eiliadau ac yna'n mynd yn ôl i wneud eu pethau eu hunain.

Roedd hynny'n brifo. Ond nid y nhw oedd adra efo hi. Fi oedd adra. Fi oedd yna.

Fi oedd yn byw efo hi.

Fi oedd yn gweld…

Sori, dwi isio brêc rŵan.

"Ddechreuwn ni eto pan ti'n barod."
Barod i be?

"I ddweud."
Wnes i golli'r plot. Wnes i golli'r blydi plot. Dwi'n gwbod hynny rŵan. Ond be fasach chi'n ei wneud? Y? Fetia i fasach chi'n gwneud yr

un peth... Ocê, mi oedd hi'n yfed adra, yn *rat-arsed* ac yn chwil gaib hanner yr amser ond doedd hi ddim yn gwneud dim byd... yn malu dim byd... jesd bod yn *waste of space*... yn ei gwely neu ar y soffa ac yn sbio ar y waliau. Ond pan ddechreuodd hi fynd allan gyda'r nos fedrwn i ddim côpio efo hynna.

Nath hynny newid pethau. *Big time*...

Nath hi ddechrau dŵad â phobol adra efo hi... dynion. Dach chi'n gwbod amdanyn nhw'n iawn... y teip sydd wedi'i cholli hi, colli'r plot, off eu penna... *smack heads*. Bron... bron 'mod i'n gallu derbyn y rheiny... i raddau. Ond pan nath 'O' ddechrau dŵad adra efo hi... wel... fedrwn i ddim byw efo hynny.

Roedd y bastad yn gwbod yn iawn be oedd o'n ei wneud... a be oedd o isio'i wneud efo hi, a fi oedd yn gweld y stâd oedd arni'r diwrnod wedyn. Doedd hi ddim yn gwbod ar pa blaned oedd hi, siŵr... a pan dach chi'n gweld eich mam eich hun, EICH MAM EICH HUN fel'na... mae'n malu tu mewn i chi. A dach chi'n gwbod be... roedd ganddo fo'r *cheek* i wneud paned iddo fo'i hun cyn gadael y tŷ... cerdded lawr y grisiau i'r gegin, rhoi dŵr yn tecell, nôl mỳg o'r cwpwrdd, gafael mewn bag te a chwilio am lefrith yn ffrij tra oedd hi i fyny grisiau yn y llofft yn llanast... yn llanast...

... Baglu a llithro nath o...

12

"Be ti'n feddwl 'baglu a llithro nath o'?"

Roedd o'n sefyll yn y gegin efo dim byd amdano heblaw am gadwyn aur yn hongian yn bowld am ei wddw, bocsyr shorts gwyn tyn, a gwên ar ei wyneb. Ro'n i'n gwbod ei fod o'n gwenu er ei fod â'i gefn ata i. Mi aeth i'r cwpwrdd i nôl mỳg a rhoi ei fys ar switsh y tecell.

Ro'n i'n sefyll wrth y drws yn sbio arno fo. Mi synhwyrodd 'mod i yno achos dyma fo'n troi a dweud,

"Duw, 'rhen foi 'di cyrradd? Be ddeffrodd di, d'wad? Dy fam yn udo, ia?"

Ac ar ôl iddo ddynwarad Mam yn 'udo' dyma fo'n dechrau chwerthin dros y lle.

Mi aeth i'r cwpwrdd llestri i nôl bowlen *cereal* ac i'r cwpwrdd uwchben y sinc i nôl bocs Special K ac ista wrth y bwrdd efo'i goesau ar led. Ista yn fan'no yn ei focsyrs, efo affliw o ddim byd am ei draed, yn sbio arna i ac yn joio pob eiliad. Wedyn mi ddechreuodd arni eto.

"Sbia, does 'na ddim byd ar ôl yn y bocs *cereal* 'ma ond llwch – a finna'n llwgu."

Wedyn dyma fo'n ysgwyd y bocs, tynnu'r bag plastig ohono fo a'i daflu ar lawr.

"Fel 'ma dach chi'n edrach ar ôl pobol ddiarth yn y tŷ 'ma, ia? Hotel shit 'de. Dos i Spar i brynu bocs newydd, 'nei di? Tyrd â Cheerios, i gal tsienj ac er mwyn rhoi gwên ar dy hen wep di. Ti'm yn meindio, nag wyt? Traed dani rŵan neu mi fydd hi'n amsar cinio. Cwyd y bocs 'na wrth i ti fynd, hogyn bach da, a rho fo yn y bin wrth i ti fynd allan. 'Dan ni'm isio'r lle 'ma'n flerach na mae o'n barod, nac 'dan?"

Ro'n i'n dal i sefyll wrth y drws.

"Be 'di hwn d'wad – iPod?"

A dyma fo'n gafael yn weiars fy iPod oedd ar y bwrdd a'u rhoi yn ei glustiau.

Ro'n i'n dal i sefyll wrth y drws.

Mi fuo'n cogio ysgwyd ei ben a symud i rythm y miwsig am dipyn ac yna mi dynnodd y pethau o'i glustiau a dweud,

"Ti'n dal i sefyll yn fan'na? Be wyt ti – bownsar? Ffansïo dy hun mewn clwb nos, ia? Wedi meddwl, mi fydda siwt efo dipyn o sglein arni yn siwtio chdi. Ond yli, cyn i ti ddechra ffansïo dy hun mwy nag wyt ti'n barod, gwna rwbath i mi – rho dost i mewn yn hwnna i mi, 'nei di, was? Dwi ar lwgu. Da'r hogyn! Asu, siŵr bo chdi'n hogyn bach da hefyd ac fel bob hogyn bach da mae gen ti fora go lew o waith clirio 'ma, does? Yli llanast sy 'ma! Ti'm yn gwneud dim byd i helpu dy fam, nag wyt? Mae hi wedi dy ddifetha di'n racs faswn i'n dweud. Ti'n cael dy ffordd dy hun efo hi, dwyt? Ond 'na fo, dwi'n dallt yn iawn, was, dallt yn iawn. Mae hi'n hawdd cael dy ffordd dy hun efo dy fam, tydi... er mi udodd ddigon gynna 'fyd, do? Dwi'n siŵr dy fod wedi ei chlywad hi... mi fasat ti'n fyddar i beidio, yn basat? Dwi'n lecio merched sy'n strancio, sdi, merched a thipyn o gic ynddyn nhw... dallt be sgin i? Mond i ti ddangos pwy 'di'r bòs mi fyddan nhw'n ocê wedyn, sdi. *Job done* wedyn, yli. *Job done* 'de, was."

A dyna pryd wnes i ddechrau cerdded o'r

drws ac am y bwrdd. Cyn iddo sylweddoli beth oedd wedi digwydd mi es i'r tu ôl iddo fo a mynd am ei wddw fo. Mi faswn wedi gallu ei falu o ond wnes i ddim, dim ond rhoi fy mraich am ei wddw nes oedd ei glust o yn fy ngheg i bron. Ro'n i isio iddo fo glywed pob gair oedd gen i i'w ddweud. Pob un gair.

"Ti wedi cymryd fy nhe i, ti wedi cymryd fy llefrith i a ti wedi cymryd fy *cereal* i ac mi wyt ti'n meddwl, jesd meddwl, dy fod ti'n gallu cymryd fy mam i, dwyt? Yn dwyt?"

Ddeudodd o ddim byd, fedra fo ddim. Roedd o'n drewi o chwys, o wisgi ac o rywbeth arall... sent Mam. Mi wasgais yn dynnach a dweud,

"Wel, chei di dim, yli. Pwy wyt ti'n meddwl wyt ti – pry doman gachu yn dy focsyrs gwyn a dy *bling* yn meddwl y cei di ddweud be leci di, ia? Chei di ddim. Dallt? Paid ti â mynd yn agos at Mam eto neu mi ladda i di... Mi ladda i di."

A dyma fi'n ei dynnu'n dynnach nes bod ei wyneb yn biws, ei godi o'r sêt a'i luchio fo ar lawr. Mi gafodd sioc. Mi gododd a dŵad amdana i. A dyna pryd wnaeth o lithro a baglu ar y bocs *cereal* a hitio'i ben ar y bwrdd…

Wnewch chi ddiffodd y tâp a stopio ffilmio rŵan, plis? Dwi 'di dweud bob dim. Wir rŵan.

Dwi 'di dweud bob dim.

"Dwi'n gwbod bod y cwbwl fel ffilm. Ac mae rhaid tapio pob dim pan ti'n cael dy gyfweld gan yr heddlu. Ti'n dallt hynny erbyn hyn, yn dwyt?"

Ydw.

13

Wedi'r ymosodiad...

- Cafodd Josh ei arestio.
- Cafodd ei gyfweld gan yr Heddlu. Roedd aelod o'r Gwasanaethau Cymdeithasol gyda Josh yn y cyfweliad.
- Yr aelod hwnnw awgrymodd y dylai fynd i weld cwnselydd yn yr ysgol.
- Cytunodd. Bu'r cyfarfodydd hyn o fudd i Josh.
- Ymaelododd â Chlwb Bocsio.

14

Cwnsela

"… Ydi, diolch, mae'r sesiynau efo chi wedi helpu. Helpu lot fawr. Mae mynd i focsio wedi helpu hefyd. Mae'n cadw fy meddwl i'n glir ac wrth focsio mae'n rhaid i chi ganolbwyntio'n llwyr. Un o'r pethau dwi wedi'i ddysgu ydi bod rhaid i mi symud mlaen. Dwi'n ffit. Dwi'n trio fy ngorau ond weithiau mae bob dim yn dod yn ôl ac yn chwalu drosta i a dwi jesd yn gofyn i mi fy hun 'Be dwi'n mynd i'w wneud?' Ac mae heddiw'n ddiwrnod 'Be dwi'n mynd i'w wneud?'"

"'Be dwi'n mynd i'w wneud?' Dyna be ofynnist ti? Mi ddweda i wrthat ti, Josh. Dal ati, dyna be wyt ti'n mynd i'w wneud… dal di ati, yn union fel rwyt ti wedi bod yn ei wneud ers wythnosa… ac mi wyt ti wedi bod wrthi'n dda. Dwi'n dy edmygu di."

"Ydach chi?"

"Ydw, Josh. Tydi'r byd 'ma ddim yn fêl,

sdi. Mae'r hen fyd 'ma'n lle anodd. Byd brwnt ydi o ac mi wyt ti'n gwbod hynny'n iawn. Byd caled ar y diawl ydi o ond, cofia di, tydi o'm ots pa mor galed neu pa mor tỳff wyt ti, mi gaiff yr hen fyd 'ma chdi lawr, o gwnaiff. Mi neith o dy adael di i lawr a thrio'i ora glas i dy gadw di ar lawr. Ti'n dallt hynny, yn dwyt? Ac ar lawr ac yn y gwaelod fyddi di os 'nei di adael iddo fo gael ei ffordd ei hun. Wnaiff neb, NEB cofia, dy hitio di mor galed â'r hen fyd 'ma. Cofia di hynny."

"Dach chi'n siarad fel bocsar, nid cwnselydd!"

"Ydw, d'wad? Bocsio 'dan ni i gyd yn ein ffordd ein hunain, Josh."

"Pan dwi'n isel, ac yn cael diwrnod gwael, dwi'n trio cofio geiriau Rocky yn y ffilm. Y geiriau sydd i fyny ar y wal uwchben eich desg chi,

'But it ain't about how hard you hit. It's about how hard you can get hit and keep moving forward; how much you can take and keep moving forward.' Dwi'n trio 'ngorau glas i symud mlaen."

"Wyt, dwi'n gwbod hynny."

15

Clwb Bocsio Amatur y Dyffryn

CYSYLLTWCH â
Mr J Hicks,
3 Pen y Parc,
Y Dyffryn.
Jhicks3@2stconnect.com

GWEITHGAREDDAU:
Dysgu a hyrwyddo bocsio ymysg dynion, merched, bechgyn a genethod.
Dydd Iau 5–10; Sadwrn 9–5.

Mae'r stafell yn gynnes ond tydi hi ddim yn boeth. Mae fel *gym* mewn ysgol ond yn dipyn llai. Mae'r llawr yn llawr pren. Rŵan, os wyt ti'n un am ffilmiau fel *Rocky* mi wyt ti'n deall yn iawn sut le ydi lle fel hyn. Mae chwech o fagiau bocsio du yn hongian ar un ochr i'r wal a drychau mawr hir at y llawr i ti gael gweld dy hun yn chwysu ac yn waldio. Yng nghanol y stafell mae sgwâr bocsio mawr a rhaffau du o'i gwmpas. Hwn ydi'r *ring*, y cylch. Mae'r cylch yn wag ar hyn o bryd.

Mae o newydd gerdded i mewn yn ei jogyrs du, hwdi brown a threinyrs. Mae'n cyfarch Joe Hicks, yr hyfforddwr pen moel, ac mae hwnnw'n amlwg yn falch o'i weld o.

"Iawn, mêt?" medda fo cyn mynd ati i hyfforddi rhyw foi ifanc arall yn y gornel wrth y ffenest.

Mae'n cychwyn arni'n syth bìn ac, er mwyn cynhesu'r corff, mae'n rhedeg o gwmpas y côniau oren sydd mewn sgwâr yng nghanol y llawr. Wedyn, mae'n mynd i nôl rhaff sgipio ac yn sgipio am dri munud union. Yna, aiff i sgipio i fiwsig – gall fod yn ganu côr meibion neu'n fiwsig *Rocky* ei hun.

Wedyn, mae'n dechrau stretsio fel y cafodd ei ddysgu gan Joe – "*Left hand down, Right hand down.*"

Daw Joe ato a dweud,

"*High knees*, Josh. Cadw dy bengliniau i fyny. *Side step looking onwards. Side step looking inwards.* Ymestyn. Stretsia rŵan.

Dyna ti. Da iawn. Dal ati. Dal ati. Ti'n gwneud
yn dda."

Wedi sgipio eto am dri munud mae'n
mynd allan ac yn rhedeg milltir rownd y bloc.
Weli di o? Weli di o'n mynd i'r tywyllwch?
Mi ddaw 'nôl... paid â mynd... mi ddaw... a
chadw di dy lygad ar y lamp bella ym mhen
draw'r lôn yn fan acw ac mi weli di o'n dod
rownd y gornel cyn pen dim. Mae ei ffitrwydd
wedi gwella'n aruthrol... ac oes, mae ganddo
ddyfalbarhad. Mi fydd yna cyn ti droi... a-ha,
dyna fo ar y gair. Mi aiff 'nôl i mewn ac mi
aiff yn syth am y pwysau a'r bariau haearn a
dechrau eu codi nhw. Dwi'n iawn, tydw? Ac
wedyn, ia wedyn y bydd yn dechrau waldio'r
bagiau gan gadw ei hwdi am ei ben er mwyn
iddo chwysu mwy...

Mae o wedi bod wrthi fel hyn ers y sesiynau
cwnsela ac mae'n symud ymlaen. Mi wyt ti
bellach yn dyst i hynny. Ydi, mae'n symud
ymlaen.

16

Ddaw o drwyddi?

Chwarae teg i ti am ofyn. Mi wyt ti wedi dal ati i ddarllen ac mi wyt ti felly wedi dangos diddordeb yn Josh. Pam tybed? Am ei fod o tua'r un oed â chdi? Ond ella bod rheswm arall... mi wyt ti'n nabod neu wedi clywed am bobol debyg i'r rhai rwyt ti wedi darllen amdanyn nhw yma.

Ydi hi'n stori wir? Be wyt ti'n feddwl? Ond gad i mi ateb dy gwestiwn – ddaw o drwyddi?

O, gwnaiff, dim ond iddo gadw'i hun yn brysur. Mae'r ymarfer corff yn symud ei feddwl o. Gwell treulio dy amser yn gwneud rhywbeth yn lle meddwl am bethau i'w gwneud. Mae hi wedi canu arnat ti unwaith wnei di ddechrau stwnsio a hel meddyliau."

A sut mae'i fam o? Be ydi'i hanes hi?

Ia, mam Josh. Pynshbag os bu un erioed. Ond dyna ddau gwestiwn teg. Ac mae'n iawn i ti gael rhyw fath o ateb i'r rhain hefyd.

17

Cartref Josh
Nos Sadwrn
Tua 7.30 yr hwyr

"Mam, pa jympyr 'di'r un ora i fynd allan heno – yr un las 'ta'r un lwyd?"

"Mae'r ddwy'n iawn, sdi. Gad i mi dy weld di yn yr un lwyd. Sbia yma. Tro rownd... ydi, ma hi'n iawn. Iawn... mmm... dwn i'm chwaith... rho'r un las yna unwaith eto."

"Hon?"

"Ia, honna ydi'r ora, honna sy'n dy siwtio di ora. Mae hi'n sgafnach, yn feddalach ac yn mynd efo dy lygaid di. Rho honna."

"Siŵr rŵan, Mam?"

"Ydw. Berffaith siŵr."

"Diolch. *Job done* felly. Rhaid i mi fynd neu mi fydd yr hogia'n aros amdana i. Fydda i ddim yn hwyr adra."

"Mwynha dy hun."

"Iawn, Mam."

"A Josh?"

"Ia?"

"Paid â…"

"… be, Mam?"

"… meddwi'n wirion, na wnei?"

"Wna i ddim. Wna i ddim, Mam. Gaddo."